La Epopeya de Kibotesh

Impressum:

Written by the T9A Team

Published by FlorianGressConsulting, Rosenweg 24, 93053 Regensburg, Germany

Printed by Amazon Media EU S.à r.l., 5 Rue Plaetis, L-2338, Luxembourg

ISBN: 978-3-98807-001-2

LA EPOPEYA
de Kibotesh

THE IX AGE
BATALLAS FANTÁSTICAS

THE IX AGE
BATALLAS FANTÁSTICAS

LA EPOPEYA de KIBOTESH

Un asombroso descubrimiento literario de la antigua civilización enana

La primera traducción completa

por

LUDWIG HORSCHLUSS
CATEDRÁTICO DE
ARQUEOLOGÍA ORIENTAL

*Humildemente dedicado a su más gentil mecenas,
el Príncipe de Ligulia*

Editorial de la Universidad de Ullsberg, 959 d. S.

Autor
John Wallis

Diseño gráfico
David Way

Jefe de trasfondo
Edward Murdoch

Revisión de textos
Evan Switzer

Traducción
Jesús Casas Borregón
Arturo Díaz Coca

19 de diciembre de 2020

Introducción al texto

La Epopeya de Kibotesh se considera comúnmente como la primera obra de la literatura enana. Mientras que el largo poema relata muchas historias fantásticas, su propia historia es casi igualmente notable.

El nombre de Kibotesh está atestiguado en algunos de los más antiguos documentos jamás recuperados de las excavaciones en lugares que una vez fueron la parte oriental del gran Imperio Enano. Casi todas las ciudades enanas que no fueron construidas en las montañas fueron destruidas en la Era de la Ruina, mucho antes de que los enanos orientales se transformasen en la infernal cultura que conocemos hoy en día.

No solo encontramos referencias a Kibotesh en estos primitivos documentos —un nombre atribuido a un poderoso gobernante—, sino que también vemos menciones a su «canción». Parece que la historia de Kibotesh y sus aventuras era bien conocida entre los enanos orientales. Incluso tenemos una tablilla con el identificador exacto del catálogo de una serie de documentos que contienen el «ciclo de las veinte veces de Kibotesh». Otra menciona un poema llamado «Lamento de Kibotesh y Gantar».

Sin embargo, aunque estos hallazgos muestran que muchas versiones del mito de Kibotesh existían, a día de hoy solo tenemos una: la epopeya de las doce tablillas que aquí se presenta.

El descubrimiento de semejante obra literaria tan perfectamente conservada y sin versiones alternativas es, cuando menos, desconcertante; sobre todo porque todas esas versiones se perdieron, según los informes, en una serie de extraños accidentes ocurridos en las bibliotecas infernales en las décadas anteriores.

No obstante, los investigadores están convencidos de que estas nuevas tablillas son originales. Fueron encontradas en la excavación de Tel Imeni, apiladas entre cientos de piezas similares talladas en arcilla. Su condición era buena, pero mostraban los habituales efectos del tiempo; bordes fracturados, secciones de texto desgastadas. El lenguaje y estilo rúnicos coinciden perfectamente con la época, correspondiéndose con el tipo de estilete usado, cuyo uso terminó no mucho después de que estas tablillas se compusiesen. En resumen, si son falsificaciones, tendrían que ser tan magistrales como para desafiar tales similitudes.

Los diarios del profesor Petanque, que supervisó la excavación, muestran que los visitantes de un templo infernal cercano visitaron el lugar en el momento del descubrimiento de las tablillas, y proporcionaron generosamente su experiencia para confirmar que más allá de toda duda eran reales. La página que podría haber mencionado de qué templo provenían los enanos fue misteriosamente arrancada. En cualquier caso, según el acuerdo con la Ciudadela local, Petanque guardó copias de yeso de sus hallazgos, mientras que los originales permanecieron con los enanos.

Basta decir que muchos elementos de la epopeya de Kibotesh sorprenden a muchos estudiosos de la arqueología infernal. La tablilla XII, en particular —la denominada Tabla de la Herejía—, ha llamado la atención tanto en Vetia como en las Llanuras Malditas. El lector puede juzgar el contenido por sí mismo.

Las secciones que faltan, están dañadas o son intraducibles se marcan en el texto como «...».

L. Horschluss,
7 de itar

TABLILLA

I

Él, que tantas cosas ha visto
Daré a conocer a las naciones

El mejor entre los gobernantes

El más excelente entre los reyes

El más hermoso entre los enanos

Su corona tan alta como su barba

Su hacha tan grande como un toro

Impresionante hasta la perfección

Majestuoso en su gloria

Tremendo en supremo

[faltan once líneas]

Levantó las murallas de …

… el gran templo

Decretó … del zigurat más alto

Conjuró muchos hechizos estremecedores

Destruyó a todos sus enemigos

Su pueblo clamaba a los dioses:

—¡Kibotesh es demasiado grande!

»¡Nadie puede oponerse a su poder!

»Toma aquello que desea

»¡Destruye todo a su paso!

TABLILLA

II

Los dioses escucharon
las súplicas del pueblo

Vieron el poder
de Kibotesh

Vieron su
fuerza indómita

Vieron el sufrimiento
del pueblo

Los dioses decretaron
un segundo héroe

Uno que atemperase
el poder de Kibotesh

Uno que protegiese al
pueblo de sus deseos

Ashuruk tomó una tablilla de
la gran biblioteca de los dioses

Tomó la arcilla y la arrojó a
la cámara de los burócratas

En la oficina creó a Lúgar,
el más grande entre los héroes

Nacido con el don de la palabra, dotado
de gran inteligencia por los dioses

No conocía nada más que los
registros y los deberes de los escribas

Sus días estaban llenos de
contabilidad y estantes de tablillas

El asistente de un escribano lo
encontró en la sala de registros

Llevó a Lúgar ante la
llama del pueblo

Lúgar vio el fuego

Dejó de pasarse todo
el día en las oficinas

Se presentó ante el rey

Lúgar habló con Kibotesh:

*—Has superado los
límites de tu poder*

*»Causas una infracción de
tu autoridad constitucional*

*»La ley de Ashuruk prohíbe
el abuso de poder*

Kibotesh ... gran rabia

Él desafió... en cada tribunal

[faltan tres líneas]

... su riqueza ... defensa legal

Pero la apelación de Kibotesh fue rechazada.

La ira de Kibotesh se desvaneció

Lúgar y Kibotesh llegaron a un acuerdo y
pronto se convirtieron en grandes amigos

III

Kibotesh y Lúgar salieron
a los desiertos

El rey buscaba un presagio
favorable de los dioses

Se acostó en el suelo
y aceptó el sueño

En medio de la noche
se despertó y gritó:

—*¿Ha sucedido algo terrible?*

»¿Por qué estoy tan alterado?
¿Por qué me tiemblan los músculos?

»Lúgar, amigo mío, he tenido un sueño,

»Vi grandes carros de negro metal

»Moviéndose como huracanes
en un camino de metal

»Llenos de humo y magia

»Avanzaban sin que
nada tirase de ellos

»Y venían directamente
hacia mí.

Lúgar le dijo a Kibotesh:

—*Esas son señales favorables.*

»Estos carros son
la fuerza del pueblo

»Van hacia ti porque vas
en cabeza dirigiéndolos.

Al día siguiente se adentraron
aún más en los desiertos

El rey buscaba un presagio
favorable de los dioses

Se acostó en el suelo
y aceptó el sueño

En medio de la noche
se despertó y gritó:

—*¿Ha sucedido algo terrible?*

*»¿Por qué estoy tan alterado?
¿Por qué me tiemblan los músculos?*

»Lúgar, amigo mío, he tenido un sueño,

*»Los poderosos toros de
Shamut bajaron al mundo*

*»Aplastaron a todo el pueblo
y se convirtieron en el pueblo*

*»La sangre de los oprimidos
corría por las calles*

*»Sus pezuñas destrozaron
mi cabeza en pedazos.*

Lúgar le dijo a Kibotesh:

—*Esas son señales favorables.*

*»Los toros son regalos
de los dioses para ti*

*»Te destrozaron la cabeza en pedazos
para expandir el alcance de tus poderes.*

Al día siguiente se adentraron
aún más en los desiertos

El rey buscaba un presagio
favorable de los dioses

Se acostó en el suelo
y aceptó el sueño

En medio de la noche
se despertó y gritó:

—*¿Ha sucedido algo terrible?*

»¿Por qué estoy tan alterado?
¿Por qué me tiemblan los músculos?

»Lúgar, amigo mío, he tenido un sueño,

»Hubo una terrible erupción

»Fuego vivo surgió
y destruyó el reino

»Criaturas malévolas vagaban por la tierra

»Todas las cosas buenas ardieron

»Y una voz me llamó, y dijo:

""Kibotesh, morirás!"

Lúgar le dijo a Kibotesh:

—*Esas son señales favorables.*

»La erupción es tu gloria.

»La tierra destruida no es
nuestra, sino del enemigo

»El verdadero pueblo
crecerá y prosperará.

IV

Lúgar le dijo a Kibotesh,

—*No debes temer a la muerte,*

»*Si tu lugar en la historia está asegurado.*

»*Vayamos en una aventura, que nos
podría hacer famosos a lo largo de la historia.*

»*En el ... hay un monstruo,
el poderoso Sezurut*

»*Su fuerza ... un mamut*

»*Son los ojos ...*

»*Como un roca, sus garras ...*

»*Sus dientes son como cuchillos*

»*Se alza más alto que ...*

»*Vayamos a matar a este
terrible Sezurut,*

»*Hablarán de nosotros
en las grandes historias*

»*Escribirán nuestros nombres en
tablillas que durarán dos veces tres edades*

»*Y no moriremos.*

[faltan dos líneas]

Entonces los héroes emprendieron
un gran viaje

Cruzaron los picos congelados

Samtar el Glorioso envió
ventiscas contra ellos

Hicieron un fuego en su campamento

Llegaron al interminable desierto

Lúgar llamó al agua bajo la tierra

Mostró al agua documentos

Demostrando más allá de toda duda
que su lugar apropiado era en su odre

Ashuruk envió fuego contra
ellos, pero ... extinguió ...

Llegaron al negro océano
de la tremenda Yutuluk

Talaron el bosque ...

Un coracle, quince ...

... grano suave, ... sin barnizar

Cuatro de alto, veintisiete
codos en total

Un diseño clásico,
con un toque personal

Seis tablones por codo, doce ...

... diecinueve clavos en cada extremo

... bordes biselados ...

... juntas a tope ... colas de pato

Usó una braza para sujetar el ...

[faltan veintinueve líneas]

Excelente acabado en el exterior
y en el mascarón de proa.

Navegaron a través del océano
y llegaron a la tierra de ...

Se detuvieron antes de desembarcar.

Un camino discurría libre delante, hacia ...

Las colinas ondulantes ...
verde hierba y abejorros.

Y una suave brisa.

Fue extremadamente agradable.

Pusieron pie en tierra.

Se produjo un terrible rugido

Una gran sombra cayó sobre ellos,
el terror vino a sus corazones

Lúgar le dijo a Kibotesh:

*—No temas, porque somos
poderosos en cuerpo y mente*

»Nos hemos enfrentado a nuestros enemigos antes

*»Mataremos al monstruo y
traeremos su cabeza de vuelta.*

Sezurut le dijo a Lugar y a Kibotesh:

—¿Pensáis matarme?

*»Destrozaré vuestros cuerpos y los
encadenaré al pozo más profundo*

*»Asquerosos desgraciados,
nunca veréis el sol*

»Vosotros, idiotas, sois los hijos de los gusanos

»¡Con los que me acosté!

»Tengamos una gran batalla, apestosos.

Lúgar le dijo a Sezurut:

—¡Alto! No estamos aquí para matarte.

*»Cualquiera que haya dicho eso
ha cometido calumnias y será
castigado con todo el peso de la ley.*

*»Tengo aquí una tablilla firmada
por las autoridades competentes*

»Demuestra que somos tus amigos,

*»Nos gustaría ayudarte a
alcanzar tu máximo potencial*

*»¿Sabías que aquel
que se quita la cabeza*

*»Vivirá muchos años más allá que
aquel que mantiene la cabeza?*

*»Si no me crees, puedo llevarle
esta información a otro monstruo.*

Lúgar sonrió, con cara
honesta y directa.

Sezurut cogió los documentos.

Miró fijamente cada línea.

Leyó las palabras más pequeñas.

Cada símbolo brillante
estaba inmaculado.

Sezurut le dijo a Lúgar:

—¡No debo demorarme!

*»Por favor, quítame la cabeza, amigo,
que así pueda vivir muchos años más.*

Y agachó la cabeza ante Lúgar.

Lúgar cortó la cabeza del monstruo

Y regresaron a la ciudad.

TABLILLA

V

Gantar la Feroz fue a
Runalla, el Inframundo

Fue a ver a su prima segunda,
Reshal, señora de Runalla

Gantar fue a exigir el retorno
de Huzid, su amante,

Lloró y rechinó los dientes de rabia

Ella fue hasta las puertas de Runalla

La tierra se sacudió con su ira

Gantar gritó como un trueno:

*—Déjame entrar, o
derribaré las puertas*

*»Romperé las puertas y
los muertos saldrán*

»Y el mundo entero será devorado.

*»Dame a Huzid, mi gran amor,
a quien maté en mi ira.*

Reshal llegó a las puertas de
Runalla y habló a Gantar:

*—No eches abajo las
puertas, prima segunda*

*»Puedes entrar en Runalla, la tierra
de la que nadie puede salir.*

Y ella abrió las puertas
a Gantar, y Gantar
entró bajo tierra.

Al atravesar las puertas,
Reshal habló de nuevo a Gantar:

—Dame tu armadura

y tus armas

»Pues ésa es la ley de esta tierra.

Gantar le dio a Reshal su
armadura y sus armas.

Reshal sacó su hacha y mató a
Gantar en los pabellones de Runalla.

Después de que Gantar
descendiese al Inframundo,

La muerte caminó sobre la tierra

Los humanos marcharon contra el
pueblo con un poderío despiadado

La plaga se extendió
sobre la tierra

Mareas de bárbaros se desataron
contra el pueblo como una marea.

Los dioses estaban colmados de dolor.

Ashuruk habló:

—Debemos enviar un … a Runalla

*»Que haga que Reshal nos devuelva a Gantar,
para que … pueda sobrevivir.*

Lúgar …

[faltan diez líneas]

Habló a Reshal:

*—Mi clienta no tiene por qué responder
ninguna de tus preguntas*

*»La has encarcelado
sin causa justificada*

»La retienes en contra de su voluntad

*»Dado que ningún verdadero enano
desearía vivir bajo tierra*

*"»No has podido proporcionar
pruebas en su contra*

*"»Dejaréis a Gantar
a mi amparo*

*»Según los derechos estatutarios
atribuidos a la ley divina CDLXII*

»Párrafo 18.3(i)

»O llevaré esto a tu dios superior.

Reshal soltó terribles
maldiciones a Lúgar

Ella le ordenó que abandonara Runalla

Lúgar habló de nuevo a Reshal:

*—Simplemente firma esta tablilla, y
me iré de aquí para siempre,*

»Y me llevaré a la diosa conmigo.

Reshal, diosa de la muerte,
firmó la tablilla de Lúgar.

Liberó a Gantar de Runalla.

Cuando Gantar y Lúgar
volvieron a la superficie

La tierra estalló en triunfo

Hubo una gran explosión, y
muchos enemigos fueron eliminados

Y el pueblo sobrevivió.

Y ningún verdadero enano
quiso vivir bajo tierra.

TABLILLA
VI

Cuando Gantar vio al poderoso Kibotesh

Se enamoró ferozmente
del gran rey

Gantar le gritó a Kibotesh:

—Ven a mí,
¡el más bello de los señores!

»Casémonos, y
juntos haremos pedazos
a nuestros enemigos.

»Te daré oro
y mármol y jade,

»Te haré rey de todo
el mundo, ¡oh, poderoso!

Kibotesh se dirigió
a Gantar la Feroz:

—Tu oferta es muy
tentadora, señorita

»Me siento muy atraído a
ti y a todas las mujeres

»Y me gustaría ser
rey de todo el mundo

»Pero estoy demasiado asustado
de casarme con Gantar la Feroz

»... encerraste a tu último marido
en el Inframundo ... todavía vivo.

»El marido antes ...
destripaste ...

»Y el anterior a ese ...
en una lombriz.

»... antes de eso ..

[faltan cinco líneas]

*»... ya tengo un gran
amigo llamado Lúgar*

*»Y me ha dicho que tu
contrato prenupcial es
sumamente desfavorable.*

Gantar la Feroz estaba muy molesta

Habló a Shamut:

—Dame tu toro más fuerte

»Para poder matar a Kibotesh

Shamut le dijo a Gantar:

—No quiero que mates a Kibotesh

*»Ha logrado muchas
impresionantes hazañas de guerra.*

Gantar dijo a Shamut:

*—Si no me das
tu toro más fuerte*

»Abriré a golpes tu toril

*»Enviaré a tus criaturas
a destruir el mundo entero.*

Shamut le dio a Gantar
su toro más fuerte.

Era del tamaño de una ciudad

Un simple resoplido de la bestia
podía abrir un agujero en el suelo

Lo suficientemente grande como para devorar
un reino.

Ella lo llevó a Kibotesh

En su lugar, encontró a Lúgar

Lúgar dijo a Gantar:

—*¿Tienes el permiso adecuado
para este animal?*

*»Si no, debo incautar
la criatura y notificar a
las autoridades competentes.*

VII

Gantar fue una vez más a los dioses

Bramó en terrible angustia

Rasgó sus ropas y destrozó
su hacha contra la pared

Gritó con una gran cólera:

*—¡Ciertamente, los abogados son las más
miserables criaturas de toda la existencia!*

Los otros dioses asintieron ante su sabiduría.

Gantar continuó en su furia:

*—¡Mostremos nuestra ira
a este llamado Lúgar!*

*»Derribémoslo
bajo nuestro juicio*

*»¡Enviémoslo al
Inframundo para siempre!*

Así lo acordaron los dioses.

Conjuraron el gran hechizo de
la muerte contra Lúgar, su héroe.

Lo golpearon con
cada horrible enfermedad

Enviaron cientos y cientos de
aflicciones en su contra.

El valiente Kibotesh convocó
curanderos de todas las tierras

Pero nadie pudo salvar a su poderoso amigo.

Y Lúgar fue llevado
al Inframundo.

VIII

El rey Kibotesh se arrancó todo el pelo
hasta que su cabeza estuvo sangrando

Cogió su alta corona y
la arrojó contra el suelo

Y la pisoteó

Se clavó la piel de la cara

Sus dientes se convirtieron en colmillos y
afiló sus colmillos con su espada

Golpeó sus puños hasta detrozarse los nudillos

Estampó su nariz
contra los suelos de mármol

Se golpeó los muslos
con la vara de mando

Vagó por la tierra vistiendo nada
más que pieles de animales, con su
barba desgarrada y desarreglada

Caminó por el palacio toda
la noche, lamentando al cielo

Él ordenó que el cuerpo de Lúgar
fuese tratado con finos aceites

Y adornado con las
mayores gemas

Colocó el cuerpo en un
ataúd de mármol y jade

Colocó el ataúd
en una pira dorada

Colocó la pira en el
centro de una ... pirámide

Colocó la riqueza del

reino alrededor de la pirámide

Prendió fuego a la pirámide

Hizo que el pueblo se lamentase por
cuatro veces cuatro años.

Kibotesh dijo a …

*—Ahora sé que yo también
soy mortal, y temo que …*

[faltan seis líneas]

Kibotesh se puso en marcha a …

Fue atacado por leones, a los
cuales mató y vistió sus pieles

Viajó a las montañas
en el fin de la tierra

El camino estaba custodiado por
escorpiones gigantes, a los cuales mató

Pasó por un gran túnel
al jardín de los dioses

El barquero de los dioses lo
llevó por las aguas de la Muerte

… el Lejano, el único enano … vida eterna

El Lejano le habló de una flor que ..

[faltan cuatro líneas]

Kibotesh encontró la flor … devuelve la juventud

Pero en el viaje de regreso, se la
robó una serpiente en el camino.

TABLILLA

IX

Lúgar estaba en Runalla

Estaba atrapado en
el Inframundo

Estaba viviendo bajo tierra

Todas las cosas eran oscuras

No había ningún tipo de magia

Anhelaba estar sobre
la tierra de nuevo

Acudió a Reshal, la
Muerte hecha carne

La cara de Reshal era como una calavera,

Sus colmillos subían hasta sus ojos

Ella hizo ... encogerse de miedo

Ella ... viento helado ...

Ella absorbió ... magia

... desesperación ...

[faltan tres líneas]

Lúgar habló a Reshal en Runalla:

—*¿Por qué estoy aquí, oh, diosa?*

*»¿Por qué no se
obedecen tus órdenes?*

*»¿Por qué no se
respeta tu palabra?*

Reshal giró su terrible
rostro hacia Lúgar

Ella pidió que explicase sus palabras

Lúgar respondió a Reshal:

—Ya he estado antes en Runalla,

*»Me ordenaste que me
marchase para siempre*

*»Sin embargo, he vuelto en
contra de mi voluntad.*

*"»¿Cómo es que se ignora
la palabra de Reshal?*

Reshal gritó con ira:

—¡Ahora ordeno que te quedes, Lúgar!

»Has venido a mis dominios

*»¡Y nunca volverás
a la superficie!*

Lúgar habló de nuevo a Reshal:

*—Aquí está la tablilla que
firmaste con tu propia mano.*

*»Aquí están el testigo y
el sello del notario.*

*»Esta es tu orden,
ser exiliado de Runalla*

*»Ninguna otra orden puede
deshacer lo que has firmado.*

Reshal estaba ligada a su propia palabra

Ella expulsó a Lúgar

Él volvió a la superficie

Fue al hogar de los dioses

Targuk, guardián de los dioses,
se negó a concederle la entrada

Lúgar dijo a Targuk:

—*¿Por qué me niegas la
entrada a mi propio reino?*

Targuk dijo a Lúgar:

—*Este es el dominio de los
dioses, tú no puedes entrar.*

Lúgar dijo a Targuk:

—*¿Qué es un dios?*

Targuk dijo a Lúgar:

—*Aquel que tiene vida eterna.*

Lúgar dijo a Targuk:

—*He sido desterrado de
Runalla para siempre*

*»No puedo morir.
Tengo la vida eterna*

»Soy un dios

»Déjame pasar.

Y Targuk le
permitió entrar

Porque vio que Lúgar
era parte de los dioses.

TABLILLA

X

Ashuruk el rey de reyes
estaba descontento

No le gustaba …

… sus ruidosas voces

Se impacientó …

Él habló …

[faltan diecisiete líneas]

Un gran decreto.

E hizo que todos los dioses prestasen
un gran juramento de silencio

Que nadie podía saber lo
que vendría sobre ellos.

Lúgar acudió a los dioses,
les dijo:

—*¿Por qué os reunís y conversáis, y aún así
no decís nada de lo que habéis hablado?*

»Debe ser que habéis jurado guardar silencio

*»Sin embargo, tengo aquí una tablilla que
atestigua por Ashuruk, creador de leyes,*

*»Una citación de toda y cada
una de las pruebas materiales*

*»Debéis mostrar al tribunal
signos de conspiración*

*»Debéis decirle al Gran Juez
lo que se ha mantenido en secreto.*

Lúgar ligó a Ashuruk
a su propia palabra

Los dioses dijeron a Lúgar lo
que había sido decretado.

Y Lúgar fue a Kibotesh.

No podía decir lo que era
confidencial para el tribunal

Así que no habló al rey

Lúgar se dirigió al codo del rey:

*—Codo de Kibotesh,
debes prepararte*

*»Pues viene una gran
calamidad al reino*

*»Debes construir un
zigurat de gran altura*

*»Debes reunir tu riqueza
y armas en lo más alto.*

El rey respondió:

—¿Cuán alto debo construir …

—Diez veces … codos

El rey preguntó …

—… diseño del exterior de …

»El … debe ser exactamente …

»… almenas … bitumen …

[faltan cuarenta y siete líneas]

Y Kibotesh construyó el
zigurat como fue sugerido.

TABLILLA
XI

[faltan nueve líneas]

... como las olas del océano

No hubo cese ...

Doce veces doce
días y noches llovió

Las aguas arrasaron
los campos y las casas

Arrasaron
las ciudades y las murallas

Ahogaron el oeste
en sus agujeros

La inundación cubrió toda la tierra

Y aún así la lluvia no paró.

Kibotesh conservó
las armas del pueblo

En lo más alto del más alto
de sus zigurats guardó ...

... siguió subiendo.

Durante todo este tiempo,
Lúgar estaba en otra tierra

Acudió al rey del
enemigo, y dijo:

—*Ashuruk, rey de reyes, busca
extinguir la llama del pueblo.*

»El pueblo necesita una nueva llama

*»Usaremos tu llama para reavivar
la grandeza del reino que hemos perdido.*

El rey del enemigo habló con Lúgar:

—*Nuestra llama no es para que tú la tomes.*

Lúgar le dijo al rey del enemigo:

—No tienes ninguna llama.

»Una llama pertenece al pueblo.

»No eres el pueblo.

*»El verdadero pueblo está
pidiendo que pagues tu deuda*

*»Hemos tomado tu llama
como garantía legítima*

*»Estos documentos demuestran
la base jurídica de la sentencia*

»Los dioses son mis avalistas.

Lúgar tomó la llama del enemigo.

Tomó las llamas del mundo

Regresó al reino

En la hora de la perdición de Kibotesh

Él alejó la inundación
con la Llama del Mundo

La colocó en el
corazón del zigurat

Los dioses vieron lo que Lúgar había hecho

Gritaron con arrepentimiento por
haber extinguido la primera llama

Se postraron ante
la Llama del Mundo

Hicieron un poderoso acuerdo

El acuerdo fue
redactado por Lúgar

Los dioses firmaron por triplicado

El acuerdo los ligó a
proteger la Llama del Mundo
por la eternidad

Había otras cosas
escritas en el pacto

Que los dioses no leyeron.

XII

Contemplad a Lúgar el Triunfador

Él ganó gran ...

La corona... a él ...

... todos los pueblos

Las riquezas ... mundo entero

Todos los jueces... ante él

[faltan siete líneas]

El pueblo ... a él:

—*¿Cómo podemos apoyar a Lúgar?*

Pero cuando llegaron
a su cámara

Descubrieron que estaba vacía

Lúgar no tenía deseos de riqueza

Lugar no blandió el
el poder que se le dio

Lúgar fue ... viaje

Durante muchos días ...

... de Ashuruk

[faltan dos líneas]

... la llama de la realeza ...

... de Ashuruk

Él buscaba ...

**[el resto de la
tablilla está rota]**

Agradecimientos

Junto al más noble y generoso Príncipe de la justa Liguria, el traductor quiere agradecer al Señor Schmutenberg y al equipo de la EUU por apoyarlo a lo largo de este proyecto, la culminación de un estudio de toda una vida de la literatura infernal. Gracias también a la inestimable ayuda del profesor Bartoli por sus observaciones y comentarios sobre el primer borrador, sin los cuales quizá hubiese presentado latuk como «rodilla» en lugar de «codo», por citar uno de los muchos errores iniciales. Como siempre, estoy sumamente en deuda con mi maravillosa esposa e hijos, cuyo incansable apoyo es todo lo que me ha permitido perseverar ante las maliciosas y cobardes críticas de los estudiosos de menor rango.

L. H

Compatible with

The 9th Age™